Gaetano Polidori

Il Nabucodonosorre

Texte et illustration de couverture : © domaine public
Edition : Culturea (Hérault, 34)
Contact : infos@culturea.fr
Retrouvez notre catalogue sur http://culturea.fr
Imprimé en Allemagne par Books on Demand
Design typographique : Derek Murphy
Layout : Reedsy (https://reedsy.com/)

Dépôt légal : janvier 2023

ISBN : 9791041843503

A MADAMA

LA BARONESSA TEIGNMOUTH.

Madama,

A voi dedico questo Dramma, poichè, avendo tanto pregiato il mio Figliuol Prodigo, da crederlo, non solo degno d'esser letto da' vostri figli, ma d'esser da loro raccomandato alla memoria, mi avete dato baldanza di lusingarmi che non sdegnerete accettarlo.

Qual più gran successo poteva io bramare al mio primo Dramma Sacro, che quello di ricever tale onore da una Dama, la quale tanto si distingue per le sue virtuose qualità, per la cultura dello spirito, e più ancora per lo zelo nella saggia educazione de' figli? per la degna consorte, in somma, d'un personaggio tanto benemerito e della patria e della letteratura?

Se questo Secondo Dramma avrà la buona sorte d'incontrar pure la vostra approvazione, ogni ambiziosa brama d'Autore sarà in me pienissimamente appagata.

Qualunque però possa essere la sua sorte od il suo merito, mi giova pur sempre sperare, che mi farete la grazia d'accettarlo benignamente, persuasa,

"Che se povero è il don, ricco è il desio."

Ho l'onore di professarmi,

Madama,

Vostro dev^{mo}. ed obblig^{mo}. Servitore,

Londra, 26 Gennaio 1807.

GAETANO POLIDORI.

PERSONAGGI.

NABUCDONOSORRE.

DANIELE.

GIORA.

SIDRAC.

MISAC.

ABDENAGO.

SEDECIA.

MELSAR.

ASPENACE.

CALDEO PRIMO.

CALDEO SECONDO.

CORO DI CALDEI.

CORO D'EBREI.

CORO D'EGIZI.

SCENA.   –   *La Corte di Babilonia.*

ATTO PRIMO.

SCENA PRIMA.

NABUCDONOSORRE, MELSAR.

NABUCDONOSORRE.

Sì, voglio ch'ogni suddito m'adori,

E chi il ricusa perirà. Chi mai

Può vantar più di me serve provincie?

Chi strinse il brando con miglior fortuna?

Babilonia, l'Egitto, la Giudea,

Serve al mio scettro. Io la superba vinsi

Signora delle genti, la cotanto

Vantata Gerosolima. Del tempio

Degli Ebrei le alte prezíose mura

Sol io spianar potei. Lor sacri vasi

Io preda fei del mio valor. Lor Regi

Io strascinar feci in catene in questa,

Per me, città più celebre del mondo.

Io le vie ch'eran pria di popol piene

Desolate lasciai tinte del sangue

De' loro abitatori. Io la più bella

Gioventù meco a me servir condussi.

M'adori ognun; pera chi 'l niega. Io 'l voglio:

Io Nabucdonosor così comando.

MELSAR.

Nel pian vasto di Dura eretta stassi

Già l'alta in oro sculta imagin tua.

Ivi al suono de' musici stromenti

In solenne funzione sacrosanta

Ciascun t'adorerà se di catene

Cinto essere non vuol. Gli ordini tuoi

Eseguiti vedrai. Degno te crede

De' tuoi vassalli ognun d'esser qual Nume

Adorato. Sol temo che fra questi

Ostinati Giudei qualcuno, il Dio

Che con orgoglio intollerante e pazzo

Predican solo, grande onnipossente,

Offender tema coll'offrirti incenso,

Ed obbedir ricusi.

NABUCDONOSORRE.

Ai morti solo

Fia permesso ciò far. Va, Daniele

Fa che a me venga, e fa che vengan pure

Citaristi e Cantori, e insiem con essi

I Regi e i Prenci incatenati. Intorno

Me gli voglio veder quai testimoni

Di mia grandezza.

SCENA SECONDA.

NABUCDONOSORRE.

Daniele è il solo,

La cui fermezza abbatter temo. Ah s'io

Nel mio partito indur mai lo potessi,

Mi crederei felice appien! Suo volto,

Sue parole, suoi gesti, han forza tale

Sul mio cor, che vi lascian certo senso

Mescolato di sdegno, di timore,

Di reverenza e di stupor, ch'io sento

Ripugnanza a vederlo, a udirlo; mentre;

Chi 'l crederia? vederlo e udirlo io bramo.

SCENA TERZA.

NABUCDONOSORRE, DANIELE;

SEDECIA, PRINCIPI PRIGIONIERI, CITARISTI.

DANIELE.

Gran Re, da te chiamato, ubbidíente

Viene il tuo servo Daniel.

NABUCDONOSORRE.

Mi chiami

Gran Re col labbro, ed in tuo cuore intanto

Forse mi sprezzi perchè i tuoi non seguo

Consigli austeri all'alma mia non punto.

Nè a mia grandezza confacienti.

DANIELE.

Sei

Tu Re dei Re, di gran provincie e regni

Arbitro, è ver; ma d'ogni Re del mondo,

D'ogni provincia, d'ogni Regno è solo

Arbitro il Dio che adoro: Ei re de' regi;

Egli Dio de gli Dei. Quant'è in natura,

Da un insetto passando agli astri, al Sole,

Opra è della sua mano. A lui sol serve

Tutto; e il debbe adorar quanto è dotato

E d'alma e di ragion. Chi fuor di lui

Altri adora l'offende; ed ei sopr'esso

La mano aggraverà.

NABUCDONOSORRE.

Di Belo il Dio

Non è il Dio d'Isdrael; e il Dio di Belo

Benedì chi l'adora. Incontro a voi

Adoratori del verace Nume

Guidò nostre armi. Ov'era il vostro Dio,

Quel Dio che sol vuol che s'adori, allora

Che nel vostro paese, e nelle mura

Della vostra città, nel tempio istesso,

Io portai lo sterminio?

DANIELE.

D'Isdraele

Il Dio sdegnato era con noi. Dei falli

Ei ci punia, dei mille falli nostri,

E dei falli dei Re. Chi fuor di lui

Altri adora l'offende: il dissi e il dico

Ed ognor lo dirò. Di Belo il Dio

S'adorò tra di noi: ne dette esempio

Sedecia nostro Re.

SEDECIA.

Purtroppo è vero!

E per questo or, privo di luce e Regno,

Dopo aver visto e le consorti e i figli,

E i parenti svenar da man crudele,

Schiavo del mio nemico, in gravi e dure

Catene pago de' miei falli il fio.

Ver dici, o Daniel.

DANIELE.

Lo sdegno giusto

Del gran Dio d'Isdrael sul popol suo

Cadde alla fin. L'alto divin Profeta,

Cui nomar mai senza stupor non posso,

Il fatidico vate Geremia

Nol disse e nol ridisse? Il Re con lui

Non s'irritò? Non fu il Profeta cinto

Di pesanti catene, e minacciato

D'acerba morte? E chi da morte il trasse?

Non altri che quel Dio ch'ad esso aperse

Dell'avvenir le porte, e che inspirogli

I veridici detti, alti, tremendi,

Minaccianti; forieri dell'orrore,

Della vendetta e della morte.

SEDECIA.

Oh detti!

Oh crudel rimembranza! oh grande! oh santo

Profeta, io t'oltraggiai! Tu m'annunziasti

La verità: sordo a' tuoi detti io fui:

Tu del Dio d'Isdrael voce eri.

DANIELE.

Tremi

Chi tal Dio sprezza e chi l'oltraggia. Tremi

Ancora più chi con indegna lingua

Il profana, il bestemmia.

NABUCDONOSORRE.

E il Dio di Belo

Nol profanate voi? nol bestemmiate?

DANIELE.

Altro di Belo il Dio non è, che vana

Figura e nome vano: Il vero Dio,

L'alto Dio d'Isdraele è tal, che nome

Non può adombrarlo all'alma nostra. Niuna

Figura all'occhio il può mostrar. Se a terra

Getti l'Idol di Belo, altro non resta

Che legno o marmo o bronzo o argento od oro,

Che in mille oggetti e in mille forme, vedi

Fare, cangiare, consumar, perire.

NABUCDONOSORRE.

Disputar teco non vogl'io. Sol l'alta

Ragion di stato appresi e della Guerra

L'arte ch'è del poter sostegno solo,

E di grandezza appoggio e mezzo. Teco

Di Belo può il Pontefice, e può ognuno

De' Caldei di mia corte di materie

Alte di Religione espertamente

Ragionar: forse ancor potrebber essi

Convincerti, se tanto del tuo Dio

Tu non fossi fanatico. Non d'altro

Favellare or ti vo' che degli affari

Che convengono a te qual mio ministro.

Adoprarti dei tu perchè ciascuno

Degli Ebrei da me posti in alti gradi

Si vegga prosternato in questo giorno

Al simulacro mio; ch'ad esso porga

Il meritato incenso, e che non forzi

Me a punirlo, se farlo oggi ricusa.

DANIELE.

Signor, del servo tuo sai quali sono

I sentimenti: Deh! non far ch'ei debba

Disubbidire a te. Giusti i comandi

Sieno, e ubbidiente Daniel vedrai.

Per la virtù che il grande Iddio che adoro

Mi diè, tu a questo m'innalzasti

Sublime grado. Indegno io ne sarei,

Se della tua superbia or divenissi

Blando fautor. Quel Dio che rivelare

Degnossi a me del mio signore il sogno,

Mi prescrive altre vie che quelle ch'ora

Vorresti ch'io calcassi. Ah, ti sovvenga,

Signor, del dì che del tuo Belo, il grande

Pontefice, ed i tuoi Caldei d'intorno

Stavan perplessi al lor signor perplesso,

Nè dir sapean quel che da lor bramava

Egli d'udir. Ricordati che a morte

Per ordin tuo vedevansi condotti,

Quando il mio Dio mandommi a te. Scordato

T'eri il tuo sogno. Iddio per bocca mia

Richiamottelo in mente. Ei per mia bocca

Il senso ne spiegò. Prostrato allora

Non ti vidi a' miei piè? Non adorasti

Tu allor quel Dio che m'inspirava?

NABUCDONOSORRE.

Accusi

La mia superbia, e più superbo sei.

Se Nabucco prostrassi a' piedi tuoi,

Non ten dar vanto ebreo superbo; mago

Che col favor dei demoni sol opri.

La tua facondia, il gesto, l'infiammato

Tuo volto trasportaronmi in quel punto;

Ma appena il fei che men pentii, sorpreso

Di me medesmo e di mia debolezza.

Or va, se i tuoi compagni schiavi a quello

Non persuadi far ch'io ti comando;

Se tu stesso nol fai, trema: Con essi

Te perire io farò. Va, porta altrove

Il fanatico tuo sciocco rigore,

L'orgoglio tuo che d'umiltà s'ammanta,

E di zelo per quel tuo falso Dio,

Che se falso non fosse, avria difeso

Quel misterioso suo tempio or distrutto

E l'eletto suo popol dal mio ferro

O dal mio fuoco esterminato, o in vili

Catene strascinato in Babilonia.

DANIELE.

Gran Dio che ascolto! Ah, non voler gran Dio

Far che piombi sull'empio il tuo furore,

Ma fa ch'ei si ravvegga e ti conosca. *(parte.)*

SCENA QUARTA.

NABUCDONOSORRE, SEDECIA,

PRINCIPI PRIGIONIERI, CITARISTI.

NABUCDONOSORRE.

Fei Daniel dopo di me primiero,

Ed egli ingrato a me divien. Di ferri

Lui caricar dovrei pur anco, e in tetra

Prigion lasciar che d'Isdraele il Dio

Chiamasse invano in suo soccorso. Ah trema,

Giudeo superbo! Io forsennato fui

Meco a condur tali serpenti in questa

Città dove senz'essi appien felice

Viver potrei. Lor testa avrei dovuto

Schiacciar senza mercè. Ma tempo ancora,

Grazie di Belo al Dio, tempo mi resta

Da far quello che allor far si dovea.

M'adori ognun: m'adori, o pera. Pera

Daniele stesso. – Daniele? Ah sento

Che il cor col labro non si accorda, e mentre

"Daniel pera," io dico, una più forte

Voce mi grida al cor, "Viva Daniele."

Oh debolezza dello spirto umano!

Io che sterminar feci a mille a mille

Fieri nemici resistenti in campo

D'armi coperti, or non ho cor di porre

Fine alla vita d'un Giudeo ch'è fonte

D'amarezza per me! Fremo, e non muore! –

Ma ceda ora lo sdegno, e più maturo

Cada poi sull'ingrato. – Or cetre e canto

S'odano intorno risuonar. La dolce

Armonia calma porti all'agitato

Mio core. A lato a me, voi soggiogati

Regi e principi schiavi in ordin lungo

Schierati state ed alternate il canto.

(Nabucdonosorre si asside sopra d'un alto seggio, ed i prigionieri si stendono a' suoi lati. I citaristi ed i cantori Caldei si collocano avanti ad essi vicini al Re.)

CORO DI CALDEI.

La Giudea, l'Egitto fertile

Di grandezza erano in fior:

Venne e vinse il formidabile

Re Nabucco Donosor.

CORO DI GIUDEI.

La Giudea l'incenso agl'Idoli

Porse, e Iddio l'abbandonò:

Schiavitù, sangue miseria

Nostra patria desolò.

CORO D'EGIZI.

D'arti e scienze madre antica

Fu l'Egitto al mondo intier;

Ma indolente ed impudica,

Alla fin dovè cader.

CORO DI CALDEI.

Tutto cade se lo sdegno

Meritò del nostro Re.

Gran Città, provincia o Regno

Che resistagli dov'è?

(Cantato il coro, i citaristi si muovono a coppie. Il Re scende dal seggio e gli segue» I prigionieri van dietro ad esso.)

ATTO SECONDO.

SCENA PRIMA.

NABUCDONOSORRE, CALDEI, MELSAR.

NABUCDONOSORRE.

Ov'è andato Daniel quando poc'anzi

È partito da me?

PRIMO CALDEO.

De' tre Giudei

Sidrac, Misac e Abdenago l'ho visto

In compagnia nell'Atrio del Palazzo.

Stavan parlando a bassa voce, e intorno

Volgeano il guardo timido e dubbioso

Quasi temesser che gli udisse alcuno,

O che alcun là giungesse. Odo da molti

Che incenso porger negan essi al tuo

Simulacro, o Signor.

NABUCDONOSORRE.

Noto è il decreto:

Ognun l'udì; ciò basta.

MELSAR.

Daniele

Va dicendo ad ognun de' suoi Giudei

Ch'adorar dessi d'Isdraele il Dio,

E non altri giammai.

NABUCDONOSORRE.

Vedrà l'ingrato

Quanto a lui gioverà questo suo Dio

Se nega d'obbedire. Adesso tutti

Partite. Melsar, tu fa ch'a me venga

Di Belo il gran Pontefice, nè prima

A me ritorni alcun di voi, ch'io seco

Parlato abbia e ch'ei sia da me partito.

SCENA SECONDA.

NABUCDONOSORRE.

Riguardo niun per niuno avrò: Daniele,

Daniele stesso pera: A terra cada

Del mio voler l'ostacolo, qualunque

Esso si sia. Tristo chi a me s'oppone.

Re non son io, nè d'esser re son degno,

Se chi m'offende o al mio voler non cede

Lascio che viva, e che d'avermi offeso,

O d'essermisi opposto si dia vanto.

Ma che parlo d'offesa? offesa niuna

Ricever può la mia grandezza: a niuno

Lascerò tempo a trasgredir mie leggi.

SCENA TERZA.

NABUCDONOSORRE, GIORA.

GIORA.

Gran Re dei Re: viva il gran Dio di Belo.

Eccomi pronto a' cenni tuoi.

NABUCDONOSORRE.

Mi trovi

Molto in core agitato, o fido e santo

Ministro del gran Dio.

GIORA.

Chi mai turbare

Può la tua pace? E qual v'ha cosa al mondo

Che Nabucdonosor desiar possa

Senza tosto ottener?

NABUCDONOSORRE.

Di vasti Regni

Io Re, non ho chi mi si opponga; eppure

Son io felice?

GIORA.

E nol sei tu?

NABUCDONOSORRE.

Nol sono.

GIORA.

Pera chi è causa che nol sii.

NABUCDONOSORRE.

Daniele,

Ti dico il vero, o Giora, il mio riposo

Turba coll'alto suo parlar.

GIORA.

Tel dissi

Bene spesso, o Signor: questi Giudei

Favoriti da te, del nostro Dio

Lo sdegno accenderan. Puniti al fine

Noi ci vedrem, nè vi sarà più scampo.

Pria che il palazzo tuo fosse da questi

Ingrati Ebrei contaminato; pria

Che il mago Daniele, a cui son pronti

Ad obbedir gli spiriti d'abisso,

Del mio Re cattivato avesse il core,

Fu questa Reggia la beata e sola

Reggia del mondo in cui, piacer, letizia

Regnasse, nè giammai nube di duolo

Ad essa si accostò. Piacer, letizia

Or sono in bando, e del mio Re sul ciglio,

Sul ciglio di Nabucco Donosorre,

Del Re dei Re, nube di duolo appare!

Questo (ah perdona al sacrosanto zelo

D'un ministro di Dio!) questo è ben chiaro

Segno, o mio Re, dell'ira del gran Dio

Suscitata da te. Tu in nome suo

E Giudea ed Egitto hai debellato;

Ed ora il favor suo metti in oblio?

Sospese un tempo l'alto Dio di Belo

Il suo furor; ma ormai maturo il veggio

Su te piombar, piombar sopra noi tutti.

Brami saper perchè? Pensa, Signore,

Al dì ch'a Daniel prostrato innanzi,

Adorasti il suo Dio: quel falso Dio,

Il cui tempio per te videsi alfine

Profanato e distrutto: onor ch'ad altri

Riserbato non fu, ch'al grande e invitto

Di Nino successor. Ma se vincesti,

Chi pugnato ha per te? Di Belo il Dio. –

E tu il profani? E tu cambi il suo culto

Per quel d'un Dio che non conosci? Ah lascia,

Lascia, Signor, le vie degli empj. Chiudi

Gli orecchi alle parole insidíose

Da mali spirti a Daniel dettate,

E se con Belo il grande e col tuo avo

Vuoi che t'assuma il Ciel per nuovo Nume,

Fa che disonorato il nome loro

Non sia col nome dell'atroce Dio,

Che del vinto Israele Iddio si chiama.

NABUCDONOSORRE.

Dicasi il vero, o Giora: in me Daniele

Eccitò meraviglia allor che in mente

L'obliato mio sogno richiamommi,

Ed allor ch'in mirabile maniera

Interprete sen fece. I miei Caldei,

Te stesso interrogai. Nessuno in mente

Sapeamel richiamar.

GIORA.

Il nostro Dio

Sdegnato allora era con te, per questo

Suoi ministri acciecò. Se Daniele

Ti disse il sogno, come mai poteva

Ciò far senza l'aiuto de' maligni

Spirti da lui con magiche parole

Convocati? E se il sogno ha interpretato;

Nel futuro non siamo onde si veda

Se vero è il suo predir. Ma vero come

Esser può mai, se del tuo regno ardisce

Predir la decadenza e la ruina?

NABUCDONOSORRE.

Ver dici o Giora.

GIORA.

Esterminato pria

Vedrassi ogni Giudeo, che il nostro Dio

Ne abbandoni così.

NABUCDONOSORRE.

Sì sì; cadranno

Prima tutti i Giudei: giusto pretesto

Oggi avrò di dar morte a quei di loro

Che il mio favor fe grandi nel mio regno.

Essi all'imagin mia porgere incenso

Negheranno: mia legge gli condanna

Al fuoco, e al fuoco andran. Così distrutta

Ogni causa vedrò di mia turbata

Felicità. Nella mia reggia quindi

La letizia, il piacer faran ritorno

Che per costor ne sono adesso in bando.

GIORA.

Or sì che d'esser Re dei Re sei degno!

Questo decreto tuo cangia in amore

L'ira del Dio di Belo. – A lui men corro

Ad offrir sacrifizi, a render grazie

Ch'ei t'abbia illuminato.

NABUCDONOSORRE.

Al tempio io stesso

Verrò fra poco, i fervidi miei voti

A ripetere al Nume.

SCENA QUARTA.

NABUCDONOSORRE, MELSAR, CALDEI.

NABUCDONOSORRE.

Oh Giora! oh grande

Interprete di Dio! tu mi rischiari

La mente: i detti tuoi, del Nume i detti

Sono: gli intendo a seguirogli. Al tempio

Vadasi. Olà, Melsar.

MELSAR.

Signore.

NABUCDONOSORRE.

Ascolta:

Fa che insieme qui in pompa si raduni

Il corteggio reale, e pronto ognuno

Sia per meco partir. Voi quì restate

Per venir meco pur. Vado e ritorno.

PRIMO CALDEO.

Quì del gran Re dei Re pronti staremo

Gli ordini ad aspettar.

SCENA QUINTA.

CALDEI.

SECONDO CALDEO.

Spero sia giunto

Il tempo al fine in cui cader vedrassi

L'intollerante orgoglio de' Giudei.

Questo superstizioso indegno mago

Che governava a suo volere il core

Del nostro Re, non più sembra qual pria

Godere il suo favor. Turbato il vidi

Stamane uscir dopo dimora lunga

Con Nabucdonosor, da queste stanze.

PRIMO CALDEO.

Perduti io veggo, e men rallegro in core,

Quegli Ebrei ch'elevati ad alti gradi

Si sono in corte. Il disdegnoso spirto

Di Nabucco non può più tollerare

La lor superbia, e perir den. Daniele,

Sidrac, Misac e Abdenago non fia

Che mai si veggan prosternati avanti

Alla statua del Re; nè il Re fia mai

Ch'impuniti gli lasci; onde vedremo

Atterrate alla fin queste ad un tratto

In suol non lor cresciute piante: in suolo

Che s'è mostrato alle sue piante ingrato.

SECONDO CALDEO.

Noi fummo un tempo di Nabucco i saggi

Consiglieri; gli interpreti, i ministri:

Ora siamo da lui negletti, e quasi

Sprezzati, e sol per pompa a lui d'intorno

Stiam quasi schiavi.

PRIMO CALDEO.

Hai visto come in volto

Scintillava di gioia del gran Belo

Il Pontefice? Il sai: detesta ei tutti

I Giudei. Contro lor disposto il core

Avrà al fin di Nabucco. Era già pria

Sdegnato con Daniele; onde alla fiamma

Fiamma aggiunto egli avrà. Giora nutrisce

Da lungo tempo atroce odio nel core

Contro di lui: nè pria che morto il veda

L'odio suo pago fia. Nel core ei stesso

Immerso avrebbe a Daniele il sacro

Coltello se temuto non avesse

L'ira immensa del re. Cangiate or sono,

Ed in meglio, le cose. Il primo lustro

Otterrem noi. Di nuovo i favoriti

Diverrem di Nabucco. In nube oscura

Ascoso è il fulmin che scoppiar fra poco

Debbe, e costoro sterminar.

SCENA SESTA.

MELSAR, CALDEI, CITARISTI, GUARDIE,

CORTIGIANI, EUNUCHI.

MELSAR.

Schierati

State, ed allor che giunge il Re, risuoni

Di canti e d'istromenti alta armonia:

Di Belo il Dio cantate, e il Re Nabucco. –

Per seco al tempio andar qui che s'aspetti

È l'ordin suo.

PRIMO CALDEO.

Vedilo: ei giunge appunto.

SCENA SETTIMA.

NABUCDONOSORRE, MELSAR, CITARISTI; CORO DI CALDEI,

DI GUARDIE, DI CORTIGIANI E D'EUNUCHI.

PARTE DEL CORO.

O più grande di tutti gli Dei,

Belo nume dall'alto tonante;

Belo Re, Belo Dio de Caldei,

D'Israele sterminio e terror.

Madri, spose, mariti, donzelle,

Vecchi padri, guerrieri feroci

A te levan devote lor voci

Implorando il divin tuo favor.

TUTTO IL CORO.

A te levan devote lor voci

Implorando il divin tuo favor.

PARTE DEL CORO.

Tu le madri, le spose, le figlie,

Le donzelle ed i padri e i guerrieri,

Fai felici, fai grandi ed alteri

Pel favor che ricevon da te.

Tu dicesti a Nabucco: Va, vinci:

E Nabucco tua prole felice

Impugnò la sua spada vittrice,

Ed Egitto e Giudea più non è.

TUTTO IL CORO.

Impugnò la sua spada vittrice,

Ed Egitto e Giudea più non è.

PARTE DEL CORO.

Babilonia Nabucco rivide

Trionfante tornarle nel seno:

Regi e prenci formavan suo treno,

Grave il piè di catene e la man.

Chi rivede il fratello o lo sposo,

Od il figlio tornar vincitore,

D'alta gioia balzar sente il core;

Liete grida per l'aria ne van.

TUTTO IL CORO.

D'alta gioia balzar sente il core;

Liete grida per l'aria ne van.

PARTE DEL CORO.

Ma chi cerca col guardo e nol trova

Il fratello o lo sposo od il figlio,

Già non lascia che lagrima al ciglio

Segno mostri d'imbelle dolor.

Chi morì combattendo da forte

Per l'onor del nativo paese,

D'alta invidia ben degno si rese,

Coll'esempio mostrando il valor.

TUTTO IL CORO.

D'alta invidia ben degno si rese,

Coll'esempio mostrando il valor.

NABUCDONOSORRE.

Basta: al tempio si vada.

31

MELSAR.

Al   tempio,   al   tempio.

ATTO TERZO.

SCENA PRIMA.

NABUCDONOSORRE, SEDECIA, PRIGIONIERI EBREI ED EGIZI;

GUARDIE, CITARISTI, EUNUCHI, INDI ASPENACE.

NABUCDONOSORRE.

Gli stromenti di musica s'udiro

Già risuonar più volte. Ognuno omai

Là corso, all'alto simulacro mio

Prostrato si sarà. – Giunge Aspenace:

Da lui nuove ne udrò.

ASPENACE.

Re dei Re, vengo

Dal pian di Dura, ove, prostrato innanzi

All'alta tua divina imago, incenso

Le porsi e l'adorai. Così fer tutti

Delle provincie i capi; delle schiere

I duci, i magistrati, e ognun che impiego

Alto tien sotto te. Sol Daniele

E gli altri Ebrei che il tuo favor fe grandi

In Babilonia, delle trombe al suono

Non si mosser neppure, e là chiamati

Ad eseguire il tuo decreto, ai detti

Sembraron sordi. Incatenati or sono:

Pronunzia tu la lor sentenza, e tosto

Eseguita sarà.

NABUCDONOSORRE.

Condotti or sieno

A me gl'ingrati: io prima udir gli voglio.

SCENA SECONDA.

NABUCDONOSORRE, SEDECIA, PRIGIONIERI,

GUARDIE, CITARISTI, ED EUNUCHI.

NABUCDONOSORRE.

No, compassion non mertan essi: ognuno

Farò perir. Finor troppo con loro

Ho tollerato. Odiosi oggetti or sono

All'alma mia. Spariscan di mia vista

Quasi sogni allor quando uno si desta.

CORO DI PRIGIONIERI EBREI,

IN DISPARTE.

Cada pure, o Dio d'Abramo,

Tuo rigor sopra di noi;

Ma non far che mai vediamo

Il tuo nome, gran Dio, calpestar.

Mostra o Dio, mostra alla gente,

Che del tuono che del turbine

Il tuo braccio è più possente,

Più possente dell'onda del mar.

SCENA TERZA.

DANIELE, SIDRAC, MISAC, ABDENAGO IN CATENE.

ASPENACE E DETTI.

NABUCDONOSORRE.

E che sperate. Ebrei caparbi? Forse

Ch'impuniti vi lasci? Ah no: mia legge

Eseguita sarà. Voi tutti al fuoco

Dar ben tosto farò. Mia legge udiste,

E trasgredita ell'è.

DANIELE.

Meglio tua legge

Trasgredire, che quella del gran Dio

Che a' Re dà legge e all'universo intiero.

NABUCDONOSORRE.

Audace e vile schiavo; a me non costa

Ch'un cenno solo il por fine a' tuoi giorni

Ed all'audacia insiem della tua lingua,

E tal cenno darò. Tu perirai;

Periran teco i perfidi ed ingrati

Sidrac, Misac, Abdenago, ch'io solo,

Da te pregato, ad alti posti, in questa

Mia cittade elevai. Perfida razza,

Chi scudo vi sarà?

DANIELE.

D'Abramo il Dio

È scudo al popol suo. Dello splendore

Della sua gloria è pieno il mondo intero.

SIDRAC.

Fidansi altri nei carri e ne' destrieri,

E nelle armate onde son cinti: noi

Fidiam nel nostro Dio. Carri, destrieri

Son rovesciati, sono uccisi. Intere

Armate son disperse, son distrutte;

Ma il popolo di Dio tra le ruine

Sempre trionfa, e quasi scoglio in mare,

È scorno ai venti, ai tuoni, alle tempeste.

NABUCDONOSORRE.

Morrete intanto, ed util ben vi fia

Che il vostro popol d'Israel trionfi;

Il popol ch'in miseria od in catene

Oggetto di disprezzo al mondo è fatto;

Il popolo ch'io posso in un sol giorno

Far tutto sterminar.

DANIELE.

Guai, guai! son queste

Parole del Signor: guai a colui

Che agiatamente steso in su le piume,

L'iniquitade e il mal divisa, e il mette

In opra allo spuntar del nuovo giorno!

Ecco, dice il Signore: Io stesso adesso

Vo' tuo mal divisar; nè potrai 'l collo

Sottrar dal giogo mio! Non più con alta

Fronte inceder vedratti il popol tuo,

Ma umiliato e depresso. Oggetto al fine

Di rimbrotti sarai: la tua nequizia

Proverbio diverrà: mostrato a dito

Tu ti vedrai per tua vergogna e scorno.

NABUCDONOSORRE.

Tu non sarai nel numero di quelli

Che me vedran depresso ed umiliato.

Tu almeno a dito me non mostrerai

Per mio scorno e vergogna. Il cener misto

Del tuo corpo sarà col cener vile

Dei consunti carboni inceneriti.

Il simil fia de' tuoi compagni.

MISAC.

Vana

Esser potrebbe la tua speme. Solo

Di Dio regna il volere, e il suo volere

Niun può cangiar. S'ei vuol la nostra morte,

Noi morirem. Se ad onta tua vuol egli

Che noi viviam, vivremo ad onta tua.

Sta la vita e la morte in man di Dio.

NABUCDONOSORRE.

Di vostra vita arbitro fammi il grande

Dio di Belo che adoro; il mio potere,

E la mia volontà.

ABDENAGO.

D'Abramo il Dio

Siede Dio degli Dei: regna egli solo:

Sua legge sola è verità. Sol egli

Rocca è del mondo. Ei tuona, e il popol trema.

Il tuo potere è un nulla, un nulla è pure

Tua volontà, se dal voler si svia

Di quel Dio 'l cui voler può le tue forze

E la tua volontà fare ad un tratto

Sparire a guisa di baleno, il quale

Sol si mostra sparendo.

NABUCDONOSORRE.

Ma sparendo,

Il baleno, toccandoti soltanto,

Ti può in cener ridur.

SIDRAC.

Di man di Dio

Esce, ed ei lo dirige. A noi dar morte

Tu puoi se Iddio lo vuol. Tu suo stromento

Esser puoi contro tutti, e tutti a un tempo

Divenir suo stromento anche a vicenda

Posson contro di te. Se Iddio lo vuole,

Un fanciullo, un insetto a te dar morte

Potrà; ma del fanciullo e dell'insetto

Uopo ei non ha. Dio dice, e il detto è fatto.

NABUCDONOSORRE.

Io dico adesso, e si vedrà se il vostro

Dio dirà contro me; se i detti miei

Fatti saranno. – Questi ingrati or io,

Aspenace, condanno; e mia sentenza

Fa tu che si eseguisca. Sette volte

Tante legna in fornace sieno accese

Quante accenderne è l'uso; indi nel mezzo

Delle sue fiamme e de' carboni ardenti,

Pe' piedi e per le mani incatenato

Sidrac, Misac, e Abdenago si getti.

L'indovino Daniele pria gli amici

Suoi vegga incenerir, quindi egli pure

Nell'istessa fornace sia gettato

Senza pietà: non far ch'io ti rivegga

Pria che tu mia sentenza intieramente

Eseguita non abbi.

ASPENACE.

Allor ch'io faccio

Ritorno a te, cener di' pur ch'ei sono.

NABUCDONOSORRE.

Vedi, ostentan fermezza; ma quand'essi

Saran vicini alla vorace fiamma,

Impallidir tu gli vedrai: mercede

Chiederanno e perdon; vorranno allora

Prostrarsi al simulacro, e a porger presti

Ad esso incenso si offriran. Lor preghi

Non ascoltar: troppo fien tardi: io voglio

Lor morte; ed un decreto aggiungo: Mora

Chi parla in lor favor. Troppo fu lunga;

Troppo lunga con lor mia tolleranza.

Io dalla strage gli salvai; di ferri

Io non gli cinsi poi; nella mia reggia

Nutrir gli fei: di onori io gli colmai;

Gli fei grandi ed illustri: A Daniele

Dopo me detti il primo posto: ognuno

Di lor d'ingratitudin mi ha pagato.

Con enfatica lingua ed insolente,

Con quel lor Dio d'Abramo e d'Israele,

Con quel lor Re de' Rei, Dio degli Dei

Han preteso atterrirmi. Il Dio di Belo

M'inspira adesso e mi comanda. I suoi

Ordini udite. – Non s'ascolti in questo

Regno della Caldea; nel conquistato

Egitto od in Giudea voce che il nome

D'altro Dio pure ardisca proferire

Che del gran Dio di Belo. I prenci e i Regi

Della superba un dì, vinta or Giudea,

Che in catene finor nel mio palazzo

Ho tenuti e nutriti, in carcer tetro

Finiranno lor vita. Io così voglio:

Sia fatto il mio voler.

SCENA QUARTA.

SEDECIA, PRIGIONIERI, GUARDIE, CITARISTI, EUNUCHI,

ASPENACE, DANIELE, SIDRAC, MISAC, ABDENAGO.

SEDECIA.

Perder la vita

Per chi perduto ha già le mogli, i figli,

I parenti, gli amici, e le ricchezze,

Ed il potere e il trono, e la sì vaga,

Invan bramata del sol luce, ch'altro

Esser può che sollievo! Or sol m'è grave,

Gran Dio, l'aver tue sacrosante leggi

Sprezzate e trasgredite.

DANIELE.

O Dio d'Abramo,

Tu salva i servi tuoi: non perchè grave

Ne sia morir, ma perchè vegga l'empio

Chi sei tu, quanto puoi. Tu che del mare

Fendesti le onde, ed alle armate schiere

D'Israel ne facesti ampia e sicura

Via per deluder la feroce possa

Del formidabil Faraon, cui poi

Quelle onde stesse insiem colle sue squadre

Ad un tratto ingoiar; tu che Davide

Dallo sterminator gladio salvasti,

Salva noi pure dallo sdegno atroce

Di Nabucdonosorre. Ogni elemento

Serve a' tuoi cenni, al tuo voler. Comanda

Al fuoco pure, e obbediratti il fuoco.

ASPENACE.

Non più s'indugi: voi guardie, in prigione

Orrida conducete Sedecia

Ed i prenci Giudei. Tu Daniele,

E voi compagni suoi, tosto seguite

I passi miei. Vostro destin sapete.

DANIELE.

Nè tu, nè noi nostro destin sappiamo;

Dio sol lo sa.

ASPENACE.

Partiam.

SIDRAC.

Partiam.

MISAC.

Ti seguo.

ABDENAGO.

Io pronto son.

DANIELE.

Lodato, o Grande Iddio,

Sia sempre il nome tuo: sempre trionfi,

E di noi poi tua volontà sia fatta.

CORO D'EBREI.

Se il Signor pel nostro pianto,

S'è placato e ci perdona,

Chi mai darsi potrà vanto

Di vederci vacillar?

Il suo nome invocheremo,

E s'ancora andar sossopra

L'universo poi vedremo,

Il vedrem senza tremar.

ASPENACE.

Si parta tosto, o strascinare a forza

Al destin vostro vi farò. Vedrassi,

Se vicini a' tormenti tal fermezza

Avrete, e se, invocato, il vostro Dio

Scamperavvi   dai   strazi   e   dalla   morte.

ATTO QUARTO.

SCENA PRIMA.

NABUCDONOSORRE, ASPENACE, CALDEI.

NABUCDONOSORRE.

Già t'intendo, Aspenace: altro or non sono

I protervi Giudei che polve ed ombra.

Più non vedrò l'audace loro aspetto;

Più non fia che lor voce a funestare

Venga il riposo mio.

ASPENACE.

Signore, io torno

Di meraviglia e di stupor ripieno;

E se spavento nel mio cor ricetto

Aver potesse, spaventato ancora

Tu mi vedresti, a te tornar.

NABUCDONOSORRE.

Deh, parla;

Che avvenne mai?

ASPENACE.

Già di carboni ardenti

Ridondante e di fiamme la fornace

Era così, che se di bronzo, alcuno

Statua gettata pur vi avesse, tosto

Si saria liquefatta. Da robuste

Persone gettar dentro incatenati

Ad uno ad uno i tre Giudei vi feci.

Oh prodigio! oh miracolo! le fiamme

Pel corpo estraneo in lor gettato, a un tratto,

Impetuosamente dalla bocca

Sgorgando, rovesciati hanno sul dosso

Gli esecutori, e più non son risorti;

Morti son soffocati abbrustoliti;

Mentre; ch'il crederia? del fuoco in mezzo

E tra le fiamme, in piè vedonsi lieti

Stare i Giudei. Librato in aria intanto

Un Veggente si sta con ali spante;

Ed essi, sciolti de' lor ferri, lieti

Vanno cantando d'Israele il Dio.

NABUCDONOSORRE.

Fia ver! Vadasi ad essi. Io stesso voglio

Esserne testimon; s'io ciò non veggo

La mente un dubbio assalirammi agnora

Che ver non era e ch'ingannato io fui.

<h1 style="text-align:center">SCENA SECONDA.</h1>

CALDEO PRIMO, CALDEO SECONDO.

46

CALDEO PRIMO.

Che miracoli udiam! Dovremo al fine

Confessar ch'il lor Dio d'Abramo e Isacco

È il Dio che regna onnipossente. Invero

Possibile non è che tai prodígi

S'oprin senza il poter d'un Dio che regna

Sopra tutti gli Dei.

SECONDO CALDEO.

Stupisco anch'io

Nè spiegar posso tai portenti. Pure

Debbo perciò creder che l'opra sieno

D'un Nume ingnoto?

CALDEO PRIMO.

Ah troppo noto è il Nume

Che si mostra così.

CALDEO SECONDO.

Dunque adorare

Babilonia ed i regni di Nabucco

Dovranno il Dio 'l cui tempio abbiam distrutto,

Il cui popolo vinto o sterminato?

CALDEO PRIMO,

Altro da far che mai ne resta? Io stesso,

Ti dico il vero, a tai prodigi, sento

Che resister non so.

CALDEO SECONDO.

Non così tosto

Io cederò. Chi sa? Vedasi pria.

Sospender voglio il mio giudizio. Forse

Quel che miracol par; tal par soltanto

Perchè spiegarlo non si sa; ma cosa

Natural forse ell'è. Vorrei pur io

Tal prodigio veder. Ma vien di Belo

Il Pontefice: il fatto essere ignoto

A lui non può. Noi sentirem da lui

Se tale egli è quale Aspenace ha detto,

E s'ei l'ascriva a sovruman prodigio,

O ad arte umana.

SCENA TERZA.

CALDEI, GIORA.

GIORA.

Dunque se non puossi

Di sorprendente cosa discoprire

La causa, attribuirla a un Dio si debbe,

E a un falso Dio? Quante ed in terra e in cielo

Meravigliose cose all'occhio umano

Si mostran tutti dì, che l'ignorante

Ammira e tace, e a sovruman volere

Le attribuisce, mentre con sagace

Occhio e profondo intendimento, il saggio

Indagatore delle cause, scorge

Ch'altro non son che di natura effetti?

PRIMO CALDEO.

Ah Signor, come mai può di natura

Essere effetto, che non sia dal fuoco

Materia combustibile combusta?

GIORA.

Corpi vi son cui non ha presa il fuoco.

PRIMO CALDEO.

Tali non son le vesti e il corpo umano.

GIORA.

Ma coprir ponno e corpo umano e vesti.

PRIMO CALDEO.

Saria con tutto ciò pur soffocato

Un uom gettato nelle fiamme. E poi

Che dirassi di quel che in aria starsi

Veggente s'è mirato ad ali spante

Sopra dei tre Giudei?

GIORA.

Non con altr'occhio

Veduto l'han, che col prolific'occhio

D'un caldo imaginar. Io sopra di essi

Fissato ho il guardo, e tal veggente è stato

Alle curiose mie ricerche ascoso.

Ben degli abiti lor le stringhe stesse

Ho veduto lambir da violenta

Fiamma, che punto non s'è ad esse apprea;

Segno evidente ch'a resister atte

Erano al fuoco. Essi soltanto il come

Dirti potrian. Di loro storie piena

È la pagina, il sai, di sorprendenti

Magie, di maraviglie: a lor son noti

Mille secreti, ognun lo sa. Non fece

Di fuoco un Carro il loro Elia? Sopr'esso

Non sparì dalla terra? Il fuoco ad essi

Non scese varie volte ubbidiente,

Fedel ministro della lor vendetta? –

Ma giunge il Re dei Re. Facil non egli

A ingannarsi sarà: lo spero almeno.

SCENA QUARTA.

NABUCDONOSORRE, PRECEDUTO DA' CITARISTI, ASPENACE,

DANIELE, SIDRAC, MISAC, ABDENAGO, GIORA, CALDEI.

NABUCDONOSORRE.

I Prenci, i Regi, ch'in prigion far dianzi

Da me mandati, in libertà sien posti.

Sappian essi il miracol del lor Dio:

Qui vengano, e i lor cantici divini

S'odano risuonar. Lodi ciascuno

Il gran Dio d'Israel. Verace è desso

Dio degli Dei: negar non puossi.

GIORA.

Io mai

Non loderò se non di Belo il Dio,

E accada pur di me quel che accadere

Ad un mortal può mai. Non io far uso

So di magici detti. A me non sono

Di natura reconditi secreti

Noti neppur. Nota mi è sol la possa

Del nostro Dio. Se me da morte ei scampa,

Non potrà dirsi almen ch'altri che lui

Scampato m'abbia, ed in lui sol confido.

NABUCDONOSORRE.

Non altri ch'un poter supremo, mai

Salvato avria dalle voraci fiamme

Questi ch'or quì tu vedi e sani e salvi

Starsi tra noi. Cogli occhi miei gli ho visti.

Chi oserà d'impugnarlo?

GIORA.

Alcun non puote

Certo, il fatto impugnar. L'ho visto io stesso;

Ma che il lor Dio salvati gli abbia, il nego.

Fanne la prova, e lo vedrai. Se salvi

Gli ha dal fuoco il lor Dio, dal ferro ancora

Gli salverà. (Non io blando favello

Con voi, Giudei perversi: Io vi detesto,

E voi ben lo sapete.) Usa contr'essi

Il ferro, o Re: vedrai se il loro Dio

Priverà della punta il brando, o s'egli

Loro usbergo sarà.

NABUCDONOSORRE.

Voci empie e folli

Più non far, Giora, ch'ascoltare io debba,

Nè far che detti ingiuriosi ascolti

Contro chi gode il mio favor.

GIORA.

Non temo

Essi, nè te. Securo fammi il Dio

Ch'ora i detti m'ispira. Il Re rispetto;

Ma il Re dei Re; di Belo il Dio; quel Dio

Ch'adoraro i miei padri adoro solo;

Sol ei tremando ascolto. Umano sdegno;

Morte, tormenti affronterò per lui.

Fidati pur d'un falso Dio: tuo core

Dona a costor: ten pentirai. Daniele

A privarti del tron soltanto aspira.

DANIELE.

Uom fortennato; non pensar ch'io voglia

Teco garrir: le tue calunnie sono

Onda spumosa ad uno scoglio infranta.

NABUCDONOSORRE.

Non più Giora; non più: vanne: la quiete

Dell'alma mia non disturbar.

GIORA.

Men vado

Di Belo al Tempio, ed ivi del mio Dio

Invocherò il favor: di quel Dio stesso

Ch'hai tu poc'anzi dichiarato il vero,

L'onnipotente Dio: de' padri nostri

Il Dio che sol t'ha fatto grande; il Dio

Che può in nulla ridurti; il Dio poc'anzi

Adorato da te: quel che tra poco

Confonderà costoro. – Apri, ah ten prego,

O Nabucdonosor, Re de' Caldei,

Gli occhi apri omai dell'accecata mente;

Che se persisti nell'error, lo sdegno

Che sulla testa tua sospeso stassi

Vedrò al fine cader.

NABUCDONOSORRE.

Va: le minacce

Altrove porta: non pigliar baldanza

Per lo mio lungo tollerar; che s'io

Do accesso all'ira giusta ch'in me il tuo

Troppo ardito parlar destar dovria,

Guai a te, Giora. Il sai, non sono avvezzo

Cosa che spiace a tollerar. Miei detti

Son sacre leggi; e chi mie leggi infrange

Impunito non fia.

GIORA.

Parto al comando;

Ma non per tema: per rispetto io parto.

SCENA QUINTA.

NABUCDONOSORRE, CITARISTI, ASPENACE, DANIELE,

SIDRAC, MISAC, ABDENAGO, CALDEI.

NABUCDONOSORRE.

S'odi di Belo i sacerdoti, è Belo

L'onnipossente Dio: sopra di lui

Altro nume non v'ha. Gli Egizi ascolta:

Essi diran, ch'Osiri ed Isi ed Oro

54

Governan l'universo, – Il Dio d'Abramo,

D'Isacco e d'Israel, con lor sublime

Linguaggio che da un Dio sembra ispirato

Esaltano gli Ebrei. Veggio per essi

Accader cose sovrumane. Maghi

Dal ministro di Belo son chiamati:

Io, dando orecchio all'uno e all'altro, sono

Di parole da un vortice rapito!

Sia pur magia; sia scienza ascosa, o sia

Sovrumano poter quel che per questa

Gente s'opra, pur sempre in cor mi lascia

Alto stupore e meraviglia. Il tuo

Ufficio presso me, Daniel, ripiglia;

E voi pur, Sidrac, Misac ed Abdenago

Il vostro ripigliate.

DANIELE.

Il nostro Dio

Sia pur sempre lodato. – Ah dalla mente

Caccia o gran Re, tuoi dubbi. Oltraggio fanno

Al vero Dio, senza il voler di cui

Venticel non si muove, onda non fassi

Crespa, nè trema sopra un ramo foglia.

NABUCDONOSORRE.

Veggo; credo: poi penso, e in dubbio cado.

DANIELE.

Tu che il puoi, struggi, o Re del Ciel, suoi dubbi.

SCENA SESTA.

PRINCIPI E REGI PRIGIONIERI, CORO E DETTI.

CORO D'EBREI.

Nelle angustie invocammo il Signore,

Ed ei scese sulle ali dei venti:

Ha per noi rinnovato i portenti

Ch'Israele più volte ammirò.

Verso noi quella mano ha disteso,

Per cui levansi o stan le procelle;

Ch'il sol regge, la luna e le stelle

Con tal ordin che mai non errò.

O gran Dio, tuo giudizio è severo

Contro chi ti disprezza ostinato;

Ma ti mostri con esso placato

Se pentito rivolgesi a te.

In catene men siamo infelici

Che nol fummo in palazzi dorati:

Quì da te siam protetti ed amati;

Là tuo sdegno tremare ci fe.

ATTO QUINTO.

SCENA PRIMA.

MELSAR, CALDEI.

MELSAR.

Chi mai, chi tanto di Nabucco l'alma

Agitar può! Mentre la scorsa notte

Alla porta io vegliava della stanza

Ove in letto ei giacea, l'udii sovente

Esclamar: "Pera; io sono il re." Lo vidi

Quindi furiosamente alzarsi, e quasi

La spada in pugno avesse, in atto stare

Di quei che vibra un colpo: e con tremenda

Voce gridar: "Mori." Di nuovo ei poi

Si coricava; ma pieno d'affanno

Era nel sonno: gemiti, singulti,

Parole non distinte, ad ora ad ora

Il silenzio rompevan della notte.

SECONDO CALDEO.

Ahimè! ch'io temo che perduto il senno

Abbia Nabuccodonosor. Non posso

Altro di lui pensar. Come potrebbe

Uom di sano giudizio, or tutto darsi

A Daniele, or tutto a Giora, e mai

Non poter Giora o Daniel sperare,

Che se il re l'ama al tramontar del sole,

Gliel trovi amico il sol quando rinasce!

Come potrebbe, ora di Belo al Dio,

Ora al Dio d'Israel prostrarsi; ed ora

Voler morto Daniele, or Giora, or noi;

Ed or questo, or quell'altro, or tutti, or niuno,

Se fuor di senno egli non fosse? Oh Giora;

L'hai detto e il credo: già sospeso stassi

Sulla testa del Re del Dio di Belo

Lo sdegno, e piomberà sopra di lui.

Miracolo non è del Dio d'Abramo

Quel che miracol par. Diabolic'arte

È solo, o scienza ignota a noi.

PRIMO CALDEO.

Se cieco

Non è degli occhi, chi del sol la luce

Osa negare, è cieco della mente.

Dubbio in questo non v'ha.

SCENA SECONDA.

NABUCDONOSORRE, MELSAR, CALDEI, PRIGIONIERI.

59

NABUCDONOSORRE.

Venga di Belo

Il pontefice a me: Daniel pur venga,

E con lui Sidrac, Misac ed Abdenago.

Sul letto mio staman stavasi un sogno

Che gran misteri in se nasconde. Voi,

Dotti Caldei l'udrete: udrallo Giora,

E con Daniele l'udiran gli Ebrei

Della mia corte. Da qualcun potronne

Udire il senso. Va, Melsar, conduci

E l'uno e gli altri a me.

MELSAR.

De'cenni tuoi

Messaggio volo, o Re dei Re.

SCENA TERZA.

NABUCDONOSORRE, CALDEI, PRIGIONIERI.

NABUCDONOSORRE.

Tenace

Stavami in mente tutta notte il Dio

De' padri miei: quel Dio che il giorno innanzi

Giora mi predicò: ma nell'istesso

Tempo pareami di veder nel mezzo

Delle fiamme in piè starsi, inni cantando

I tre giovani Ebrei. D'Abramo il Dio,

Il Dio di Belo, Daniele e Giora

Tenzonavanmi in mente; Or Daniele,

Or Giora m'irritava: or l'uno or l'altro

Pareami trucidar. Ma non è questo

Il sogno ch'ha d'interpreti bisogno:

Prolungamento egli era delle idee

Che il precedente giorno m'ingombraro.

PRIMO CALDEO.

O Re dei Re; tu lo dicesti e il credo:

È il gran Dio d'Israel verace Dio;

Egli è il Dio degli Dei. Suo veritiero

Profeta è Daniel.

SECONDO CALDEO.

Nè all'un nè all'altro

Creder poss'io. Gioia ben chiaro parmi

Mostrò che quello che miracol sembra,

Miracolo non è.

NABUCDONOSORRE.

Non più di questo

Si favelli per or. Daniele e Giora

Ecco arrivan. Silenzio ed ascoltate.

SCENA QUARTA.

NABUCDONOSORRE, GIORA, DANIELE, MELSAR, CALDEI, PRIGIONIERI.

NABUCDONOSORRE.

Sognai la scorsa notte; e quì vi aduno

Il mio sogno ad udir: Da voi bramo ora

Sentirlo interpretar. – Guardavo intorno,

Ed ecco dalla terra albero a un tratto

Altissimo apparir: grande era e forte.

Tocca il ciel la sua cima, e della terra

Gli spanti rami giungono agli estremi.

Bello è il suo verde; ed è copioso il frutto

In guisa tal, che per ciascun ne abbonda.

Il bestiame dei campi all'ombra posa,

E dimorano e cantan tra le fronde

Gli augei del ciel. Tale era la visione

Che presente alla mente in sul mio letto

Si stava; e ch'io tra meraviglia e tema

Ero fisso a mirar, quando un Veggente

Scende dal cielo, e con terribil voce;

Tagliate, dice, l'albero superbo:

Scerpete i rami suoi; cadan le foglie;

Sieno i frutti dispersi: dileguati

Sieno i bruti che stan sotto di lui.

Di sue radici resti solo il ceppo

Di ferro o rame incatenato; in mezzo

Agli sterpi dei campi, e sia bagnato

Dalla guazza del ciel: sua porzion sia

Comun con quella delle bestie; l'erba

Che produce il terren. Cangi il suo core

In cor di bruto, e passin sopra lui

Sette intere stagioni, al caldo, al gelo,

Alla luce del giorno; e della notte

Al fosco tenebror. Decreto è questo

Dei Veggenti e dei Santi, affin che il mondo

S'accorga che l'altissimo soltanto

Regna sul regno dei Regnanti, e ch'egli,

Se vuol, trabalza dal lor trono i Regi,

Dando al più abietto de' lor servi il Regno.

GIORA.

Signor, troppo profondi; oscuri troppo

Sono i misteri del tuo sogno. È d'uopo

Molto studiar per discoprirne il senso.

SECONDO CALDEO.

L'immenso alber felice, altri non parmi

Esser che te; ma il ceppo incatenato

Che in bruto si converte, esser chi mai

Si può creder che sia, se non qualcuno

De prigionieri Ebrei?

NABUCDONOSORRE.

Parla Daniele:

Questa interpretazion giusta non parmi,

L'albero e il tronco, non a due distinte

Persone attien, ma ad una sola. – Ah veggio

Te immerso nel silenzio, e nel profondo

Divino meditar! – Parla. – Non turbi

Te il sogno mio: qual siane il senso, franco

L'esponi pur.

DANIELE.

Signore, a' tuoi nemici

Vada tal sogno; e sopra di essi possa

Solo il senso cader. L'alber ch'hai visto,

Mio Re, sei tu, che sì possente e grande

Sei fatto, che tua fama è giunta al cielo:

Tu, la cui Signoria fino agli estremi

Della terra si spande. Il senso vero

Del sogno è questo, e a gloria tua ridonda.

Ah! così fosse il resto: a me sarebbe

Grato l'interpretarlo; ma dal cielo

Quel Veggente disceso, e sue parole

Mi fan tremar per te. Tagliate, ei disse.

Tagliate omai quell'albero superbo:

Solo ne resti incatenato il ceppo

Tra gli sterpi dei campi: ei sia bagnato

Dalla guazza del cielo, e comun sia

Sua porzion colle bestie, in fin che sette

Stagioni non sien scorse sopra lui.

Eccone il senso o Re dei Re. Cacciato,

(Ah sospirando e lagrimando il dico!)

Dal consorzio degli uomini sarai.

Tra le bestie de' campi a pascer l'erba

N'andrai di belva a guisa, e la rugiada

Del ciel ti bagnerà. Sette stagioni

Passeran sopra te, perchè tu impari

Che l'altissimo solo signoreggia

Sopra il regno degli uomini e che il trono

Atterra, toglie, dà, rende a sua voglia.

NABUCDONOSORRE.

Hai tu finito di parlar?

DANIELE»

Non anche.

Del ceppo che rimane a dir mi resta.

Significa esso, che il tuo regno al fine

Reso saratti; ma non pria che noto

Ti sia, che vana è la superbia umana;

Che il ciel sol signoreggia. – Or porgi, o grande

Nabuccodonosor, porgi l'orecchio

Benignamente a' miei consigli: Placa

L'ira del ciel: pentito a lui ti volgi;

Piangi i trasgressi tuoi. Sei stato un empio,

Un crudele un superbo.

NABUCDONOSORRE.

Ah scelerato!

A me parli così? Perfido! Mori.

SCENA QUINTA.

ANGELO, E DETTI.

Mentre Nabucdonosorre brandisce la spada; un Angelo gli appare; la man gli trema, e la spada gli cade.

ANGELO.

Odi, Nabuccodonosorre: Tolto

T'è il Regno omai: d'erba a nutriti vanne

Tra le bestie de' campi. Ivi sette anni

Passin sopra di te, perchè tu impari

Che l'altissimo solo signoreggia

Sopra il regno degli uomini, e che il trono

Atterra, toglie, dà, rende a sua voglia.

Iddio dettava, e Daniel diceva.

(Nabucco lascia cader le braccia che restan senza moto. Si fa muto: abbassa la testa, e parte coll'occhio a terra fisso. Giora ed i Caldei lo seguitano stupefatti.)

DANIELE.

Abbi, Signor, pietà di lui: non cada

Sulla cervice sua troppo severo

Il tuo sdegno terribile, tremendo.

SCENA SESTA.

DANIELE, EBREI.

CORO D'EBREI.

Non esulti il peccatore,

Se il Signore

Sue nequizie paziente rimira,

Parche l'ira,

Che il può strugger qual fuoco la cera,

Più severa

Alla fin sopra lui caderà.

Cos'è l'uomo al suo cospetto?

Vile insetto,

Ch'al meriggio tra gli altri va in schiera;

E la sera,

Quando il sol tramontando sparisce,

Ei languisce,

Egli muore, e più forma non ha.

SCENA SETTIMA.

MELSAR E DETTI.

MELSAR.

Nel reale giardin Nabucco è corso,

E a noi che il seguivam ritrosamente

Volgendosi ed urlando, tra le folte

Piante d'un dei boschetti si è cacciato

Quasi fugace, paurosa belva,

Nè più visto l'abbiam. – Del Dio d'Abramo

Deh! fate che la legge a me sia nota.

Adoro il vostro Dio. Sol egli regna:

È vano simulacro ogni altro Nume.

DANIELE.

L'empietà, la superbia di Nabucco

Ecco punita. Serva almen d'esempio

Al mondo il suo castigo. A terra prono

Manda Iddio chi tropp'alto alza la fronte.

Col braccio suo possentemente egli opra.

Gli empj, i superbi dissipa: trabalza

Dal trono i Regi; e gli umili fa grandi.